„Liebe deinen Nächsten wie dich selbst.“

Jürg Bolliger

Herr Rusterholz mag keine Zwiebeln

und andere Geschichten

Die Personen und Handlungen der Geschichten
in diesem Buch sind frei erfunden.

Umschlagfotos: Joana Bolliger

Autorenfotos: Joana Bolliger

Herstellung und Verlag: BoD - Books on Demand, Norderstedt

ISBN: 978-3-8482-5992-2

Herr Rusterholz mag keine Zwiebeln

Herr Rusterholz mag keine Zwiebeln. Er hatte sie noch nie gemocht. Auch damals, als er noch ein Kind war, nicht. Seine Mutter hatte die Verordnung erlassen, alles, was auf den Tisch komme, sei zu essen. Und Zwiebeln waren nicht selten auf dem Esstisch der Familie Rusterholz. Meistens klein gehackt und vermischt mit den restlichen Speisen. Mutter versuchte so, ihm Zwiebeln unterzujubeln. Er hatte es immer bemerkt. Er musste sie immer essen. Widerstand war zwecklos. Mutter verfügte über die absolute Souveränität in der Familie. Vater machte keine Anstalten, ihr dies streitig zu machen.

Seit der Kindheit waren etliche Jahre vergangen. Herr Rusterholz durfte nun selbst über sein Leben bestimmen. Auch darüber, was auf seinen Teller kam und darüber, wieviel er davon zu essen hatte. Noch nie hatte eine Zwiebel den Weg in seine Dreizimmerwohnung gefunden. Ein zwiebelfreies Leben, das war für Herrn Rusterholz gleichbedeutend mit einem glücklichen Leben.

Schon dreiundzwanzig Jahre arbeitete er beim Bundesamt für Statistik. Die Arbeit begeisterte ihn nicht sonderlich. Seit dreiundzwanzig Jahren half er mit, Statistiken zu erstellen, deren Nutzen er nicht kannte. So verdiente er das Geld, mit dem er sein Leben finanzierte. Er hatte keine Idee, was er sonst arbeiten könnte. Deshalb würde er wohl bis zu seiner Pensionierung mithelfen, Statistiken zu erstellen, deren Nutzen er nicht kannte.

Am Mittag ging er nie mit seinen Kollegen essen. Im Sommer, bei schönem Wetter aß er draußen auf einer Parkbank ein Sandwich. Sonst wärmte er mitgebrachtes Essen in der Mikrowelle, die das Bundesamt im Pausenraum zur Verfügung stellte, und setzte sich alleine in eine Ecke des Raums, um die aufgewärmte Mahlzeit zu verzehren. Außer von ihm und ein paar Lehrlingen wurde der Pausenraum während der Mittagszeit nicht benutzt. Die Lehrlinge hatten es lustig miteinander und kümmerten sich nicht um den in der Ecke sitzenden Herrn Rusterholz. Und er nicht um sie.

Die Wochenenden verbrachte er vor dem Fernseher und mit seiner Briefmarkensammlung. Manchmal sah er auch einfach aus dem Fenster und fragte sich, was die Nachbarn in ihren Wohnungen wohl machten, wenn sie keine Briefmarkensammlung besaßen und nicht fernsahen.

Nun geschah es, dass er an einem Freitag im November eine Frau sah. Er befand sich auf dem Heimweg im Eisenbahnabteil, das er sich ausgesucht hatte. Meist gab es keine leeren Abteile mehr, wenn er den Zug bestieg. Er suchte sich dann Mitreisende aus, bei denen das Risiko, in ein Gespräch verwickelt zu werden, möglichst klein war. Diesmal war es ein schlechtrasierter Mann um die Dreißig, der im Zug Schlaf nach- oder vorholte. Das war ein Glückstreffer, so musste Herr Rusterholz nicht fragen, ob der Platz, auf den er sich setzen wollte, noch frei sei. Schlafende fragt man nicht.

Beim nächsten Halt stieg sie ein. Die große, schwarzhaarige Frau, deren Gewicht sich, wie sein eigenes, an der oberen Grenze des Ideals befand. Herr Rusterholz hatte noch nie eine Freundin gehabt. In den meisten weiblichen Geschöpfen sah er das Bild seiner Mutter, die ihn genötigt hatte, Zwiebeln zu essen. Und nun saß er dieser Frau gegenüber, die ihn leicht verlegen betrachtete. Erst hatte er seinen Blick diskret abgewendet, so getan, als merke er nicht, dass sie ihn ansah. Sie ließ sich nicht davon abhalten, ihn zu betrachten. Obwohl es ihm unangenehm war, fühlte er sich von ihr angezogen. Er konnte sich nicht erklären, woran es lag, doch er wusste, wenn es eine Frau für ihn geben sollte, dann war es sie. Er hatte nie gelernt, wie man Frauen anspricht. Und es gehörte nicht zu seiner Art, Neues auszuprobieren.

Der Zug hielt, Herr Rusterholz erhob sich und stellte sich in die Menge, die langsam Richtung Ausgang quoll. Erst draußen auf dem Perron bemerkte er, dass die schwarzhaarige Frau den Zug auch verlassen hatte. Plötzlich stand sie neben ihm. Sie heiße Marlen, meinte sie unvermittelt. Herr Rusterholz erschrak über so viel weibliche Direktheit. Sie sprach weiter, bevor er etwas dazu sagen oder sich vorstellen konnte. Ob er an Liebe auf den ersten Blick glaube, wollte sie wissen. Er könne das nicht beurteilen, antwortete Herr Rusterholz. Sie glaube, sie habe sich in ihn verliebt, meinte Marlen weiter. Etwas umständlich erwiderte Herr Rusterholz, er fände sie durchaus auch sympathisch. Sie einigten sich darauf, sich zu verabreden, um sich besser kennenzulernen.

Als Marlen einen gemeinsamen Besuch des Berner Zibelemärits[1] vorschlug, war die sich anbahnende Beziehung vorzeitig beendet..

---

[1] Der Zibelemärit (Zwiebelmarkt) ist der grösste Markt in Bern, der jeweils am vierten Montag im November stattfindet. Ein grosser Teil des Sortiments besteht aus Zwiebelzöpfen, Zwiebelkränzen und Zwiebelfiguren.

Nein, Mama

Nein, Mama, ich habe keine Zeit."
In seiner Stimme klingt wenig Überzeugung und kaum hat er den Satz in sein Mobiltelefon gesprochen, melden sich Stimmen in seinem Kopf.

Du darfst doch deiner Mutter nicht widersprechen. Was meinst du eigentlich, wer du bist? Sie hat dich großgezogen. Du bist undankbar. Und du bist schuld, wenn es ihr jetzt schlecht geht.

Seine Mutter schweigt, was die Wirkung der Stimmen verstärkt. Er weiß, wie ihr Gesicht nun aussieht. Gerunzelte Stirn, Augen, die tiefste Verachtung ausdrücken, und Lippen, die sich zu einem Schmollmund geformt haben.

Soll er sich einem Wunsch seiner Mutter widersetzen? Zum ersten Mal in seinem Leben. Bisher hat er ihre Forderungen erfüllt. Immer. Meist mit wenig Lust und viel Widerwillen, doch er hat ihr gehorcht. So wie er es schon als kleiner Junge getan hatte.

An seinen Vater, der früh verstorben ist, kann er sich nicht erinnern. Die Erinnerungen an Mutter sind dafür umso präsenter. Wollte er etwas, das ihr nicht in den Kram passte, bekam sie Kopfschmerzen oder ein anderes Leiden. Und sie verstand es, ihn spüren zu lassen, dass er der Auslöser ihrer Schmerzen war. Kein Kind will, dass seine Mutter leidet. Und kein Kind will schuld daran sein. So lernte er früh, sein Leben nach den Wünschen seiner Mutter auszurichten.

Mit fünfundzwanzig zog er von zu Hause weg. Er hatte einen Job in Zürich gefunden. Mutter gab ihre Einwilligung nur, weil er ihr versprochen hatte, sich täglich telefonisch bei ihr zu melden. Dieses Versprechen hat er bis heute eingehalten - während bald vier Jahren.

Nun verlangt sie, dass er mit ihr am Samstag Onkel Arthur besuchen gehen soll. Onkel Arthur, Mutters älterer Bruder, liegt nach einer Darmoperation im Krankenhaus.

Onkel Arthur mochte er noch nie. Trotzdem würde er diesen Besuch mit seiner Mutter machen – keine Frage. Wäre da nicht Denise. Er hat sie vor einer Woche kennengelernt und sich zum Abendessen verabredet - für Samstag. Zum ersten Mal in seinem Leben ist er verliebt. Mindestens fühlt er etwas, das er bisher noch nie gefühlt hat und das er als Verliebtsein interpretiert.

Und jetzt sind da die Stimmen in seinem Kopf, die er nur zu gut kennt: Du darfst nicht... Du musst...

Sein Herz kämpft gegen diese Stimmen an. Leider hat er wenig Erfahrung im Umgang mit der Stimme seines Herzens. Daher ist es fraglich, ob sein Herz den verzweifelten Kampf gegen die kritischen Stimmen in seinem Kopf gewinnen wird. Vielleicht. Und wenn nicht heute, dann ein andermal.

Kurmanns Tod

„Der alte Kurmann ist die Treppe runtergefallen. Tot."

Pfarrer Singer sprach diese Worte, ohne dass irgendwelche Gefühlsregungen erkennbar waren. Marie Drechsler war sich daher nicht sicher, ob das für ihren Chef nun eine gute oder eine schlechte Nachricht war.

Der alte Kurmann war ein unangenehmer Zeitgenosse - vor allem als er noch lebte. Marie schätzte ihn auf etwa siebzig Jahre. Sein genaues Alter kannte sie nicht. Sie wusste auch sonst nicht viel von ihm. Dass er früher als Buchhalter irgendwo in Bern beschäftigt gewesen war, hatte ihr Pfarrer Singer einmal erzählt. Am Sonntag war er damals als Organist im Einsatz. Mit seiner Pensionierung hatte man ihn auch in der Kirchgemeinde durch einen jüngeren Organisten ersetzt. Kurmann sei damals nicht sehr erfreut darüber gewesen. Um Kurmann etwas zu besänftigen, erlaubte Singer ihm, weiterhin Orgel zu spielen. Allerdings nicht während der Gottesdienste. Nur unter der Woche, wenn die Kirche leer war.

Die freie Zeit, die Kurmann hatte, seit man ihn in Rente geschickt hatte, füllte er damit, dass er eine eigene Zeitung herausgab: *Das kritische Blatt*. Naja, Zeitung ist jetzt vielleicht etwas übertrieben. Das kritische Blatt machte seinem Namen alle Ehre. Es handelte sich tatsächlich jeweils nur um ein einzelnes A4-Blatt, das Kurmann in unregelmäßigen Abständen herausgab. Und das Blatt enthielt jeweils nur einen Artikel. Beim Verfassen dieses Artikels kamen Kurmanns Verbitterung und sein kritischer Geist zum Einsatz. Er schoss auf alles und alle. Einmal war es der Dorfmetzger, das nächste Mal die Kindergärtnerin und auch Pfarrer Singer wurde nicht verschont.

Wenn Kurmann wieder einen giftigen Artikel verfasst hatte, stellte er sich auf den Dorfplatz und verkaufte sein Blatt für 50 Rappen. Er druckte immer 87 Exemplare aus. Wie er auf diese Zahl kam, wird wohl für immer ein Rätsel bleiben. Und er verkaufte immer alle Exemplare. Nicht weil die Menschen gut fanden, was er schrieb, sondern weil sie wissen wollten, wer diesmal dran kam. Und manch einer lachte sich heimlich ins Fäustchen, wenn es einen anderen traf.

So war vermutlich der Großteil der Menschen nicht unglücklich, dass der alte Nörgler den Sturz nicht überlebt hatte.

Und Marie Drechsler wusste jetzt nicht so recht, wie sie die Mitteilung von Pfarrer Singer einordnen sollte.

Marie Drechsler war Theologiestudentin im siebten Semester und absolvierte seit sechs Wochen ein Praktikum in der Kirchgemeinde des Dorfes. Sie kam aus dem Norden von Deutschland. Ihre Mutter war

Schweizerin, daher konnte sie das Schweizerdeutsch gut verstehen, meistens jedenfalls. Mit ihrer norddeutschen Sprache eckte sie anfangs bei der Dorfbevölkerung noch an. Mit ihrem charmanten Charakter konnte sie jedoch schon viele Vorurteile abbauen. Wenn sie jetzt als ‚die Deutsche‘ bezeichnet wurde, war das liebevoll gemeint, ohne abwertenden Beigeschmack. Eine Cousine ihrer Mutter hatte ihr das Praktikum in diesem Tausend-Seelen-Dorf in der Region Bern vermittelt. Sie bewohnte ein Zimmer im Pfarrhaus. Die väterliche Art von Pfarrer Singer mochte sie sehr. Er ermöglichte ihr einen umfassenden Einblick in den Pfarralltag.

Und nun würde sie ihre erste Beerdigung erleben. Kurmann. Marie überlegte, ob wohl überhaupt jemand in die Kirche kommen würde, um den alten Griesgram zu betrauern.

„Wenn da nur nicht jemand nachgeholfen hat“, unterbrach der Pfarrer ihre Gedanken.

„Sie meinen doch nicht etwa…“

Marie war über die Aussage derart entsetzt, dass sie sich nicht getraute, ihre Frage auszuformulieren.

„Manch einer hätte einen Grund gehabt, Kurmann etwas schneller ins Jenseits zu befördern als das die Natur vorgehabt hat“, meinte Singer trocken.

Marie sah ihren Chef immer noch entrüstet an. Mit einem Lächeln signalisierte er, dass er das nicht ganz so ernst gemeint hatte. Die Situation entspannte sich dadurch etwas. Doch der Gedanke, es könnte sich um einen Mord handeln, ließ Marie nicht los:

„Wird die Kriminalpolizei den Fall untersuchen?"

„Ach was. Es war ein Unfall. Leutenegger hat das bestätigt."

Markus Leutenegger war der Polizist des Dorfes. Er war zwar in der nahegelegenen Polizeiwache in Wohlen bei Bern stationiert, lebte aber sein ganzes Leben schon im Dorf. Und das sind immerhin schon fünfundfünfzig Jahre. Wenn Polizei von Nöten war, war Leutenegger zur Stelle. So auch nach dem Unfall in der Kirche. Man hatte Kurmann am Fuß der Treppe die zur Empore mit der Orgel führt, gefunden. Doktor Herrmann, dessen Praxis sich nicht weit von der Kirche befand, wurde benachrichtigt. Er stellte den Tod fest und informierte Leutenegger. Kurz darauf stand auch er in der Kirche, kratzte sich am Hinterkopf und meinte:

„Tja, Unfall. Da hat der alte Kurmann Pech gehabt."

Somit war die Angelegenheit erledigt, mindestens was die polizeiliche Ermittlungsarbeit betraf.

Marie wurde beauftragt, alte Akten und Briefe zu schreddern, während Pfarrer Singer sich zurückzog, um die Predigt vom nächsten Sonntag vorzubereiten. Sie schaffte es nicht, ihre Gedanken von Kurmann und dessen Tod zu lösen. Wenn es nun doch Mord war? Das musste doch aufgeklärt werden. Marie verfügte über einen ausgesprochen starken Gerechtigkeitssinn. Auch wenn er ein alter Nörgler war, verdient er es, dass die Umstände seines Sterbens aufgeklärt werden. Sie sah sich im Büro um und fand, was sie suchte. Pfarrer Singer hatte sämtliche Ausgaben des kritischen Blattes in einem Ordner gesammelt.

Marie sah sich die letzten drei Ausgaben an. Weder die Schlagzeilen noch die dazugehörenden Berichte zeugten von großer journalistischer Qualität. Doch Marie ahnte, dass die Anschuldigungen nicht einfach aus der Luft gegriffen waren.

„Frau Bachmann lässt die Scheiße ihrer Hunde im Park liegen!"

Hundescheiße als Mordmotiv? Nein. Marie glaubte nicht, dass Frau Bachmann dazu fähig wäre.

„Bäcker Brönimann verkauft Brot von gestern!"

Dem Bäckermeister hätte Marie schon eher eine solche Tat zugetraut.

„Die Kindergärtnerin lässt die Kinder allein, um heimlich mit ihrem Freund rumzuschmusen!"

Der Mörder ist immer der Gärtner. Aber doch nicht die Kindergärtnerin.

Marie schloss den Ordner wieder und setzte ihre Schreddertätigkeit fort. Vielleicht war es doch nur ein

Unfall. Das Füttern des Aktenvernichters war zu wenig fordernd, um Marie von ihren Gedanken rund um Kurmanns Ableben abzulenken.

Vielleicht war der Täter oder die Täterin nicht in den vergangenen Nummern des kritischen Blattes zu suchen, sondern in der nächsten, die nun nie erscheinen würde. Ja, klar. Was bereits geschrieben ist, lässt sich nicht mehr rückgängig machen. Auch nicht durch einen Mord.

Wenn Kurmann tatsächlich umgebracht worden war, dann doch eher, um zu verhindern, dass etwas durch ihn ans Licht gebracht wurde.

Marie schaltete den Aktenvernichter aus, nahm ihre Jacke und schwang sich auf ihr Fahrrad.

Minuten später stand sie vor Kurmanns Haus. Es lag am Rande des Dorfes in der Nähe des Waldes. Sollte sie tatsächlich ins Haus eindringen? Sie musste es tun. Niemals würde sie sich das selbst verzeihen, wenn ein Mord unaufgeklärt blieb, nur weil sie Hemmungen gehabt hatte, ins Haus eines toten Mannes einzudringen. Doch wie sollte sie hier reinkommen?

Ohne sich viel davon zu versprechen, versuchte sie die Haustür zu öffnen. Zu Maries Überraschung war sie nicht verschlossen. Als sie das Haus betrat, hörte sie ein Geraschel aus einem Zimmer. Sie bekam weiche Knie und war nahe daran, das Weite zu suchen. Die Neugier setzte sich durch. Vorsichtig öffnete sie die Tür, hinter der die Geräusche zu hören waren.

„Herr Leutenegger?"

Marie war perplex. Der Dorfpolizist saß an Kurmanns Computer. Er sah die unerwartete Besucherin erschreckt an, brauchte jedoch nicht lange, um sich zu fassen.

„Eine Routineuntersuchung", meinte er, „doch die ganze Festplatte ist leer. Nichts mehr darauf."

Das Schmunzeln, das Markus Leutenegger mit aller Kraft verstecken wollte, drang zu Marie durch. Sie wusste, er hatte die Festplatte gelöscht. Und sie wusste auch, weshalb. Doch wer würde ihr glauben?

Die Abdankungsfeier war gut besucht. Herr Kurmann wurde beerdigt - als Opfer eines traurigen Unfalls.

Irgendwann

Endlich. Die Kinder waren im Bett. Es hatte Paula wieder einiges an Kraft und Nerven gekostet. Der vierjährige Jan wollte sich die Zähne nicht putzen lassen und die siebenjährige Lena bestand auf ihren Lieblingspyjama, der sich bereits im Korb mit der schmutzigen Wäsche befand. Paula löste diese beiden Probleme, indem sie den Gehorsam der Kinder mit einer Extraviertelstunde fernsehen erkaufte. Aus der Viertelstunde wurde eine halbe Stunde. Danach meinte Lena, sie wolle noch nicht ins Bett, sie sei noch nicht müde. Jan schloss sich der Meinung seiner Schwester an. Es brauchte weitere zwanzig Minuten, ein paar gehässige Worte, einige kindliche Tränen und eine Gutenachtgeschichte bis Lena und Jan ihre Augen schlossen. Schlafend sahen sie aus wie Engel. Leider widerspricht das Verhalten im Wachzustand diesem Eindruck, dachte Paula, während sie das Kinderzimmer möglichst lautlos verließ.

Sie öffnete eine Flasche Barolo und goss sich davon in ein Glas. Mit der Flasche in der einen und dem Glas in der anderen Hand, ließ sie sich erschöpft im Wohnzimmer auf das schwarze Ledersofa fallen. Der erste Schluck Barolo rieselte den Hals hinunter. Sie fühlte sich einsam. Wie schon so oft. Oliver, ihr Mann, kam abends oft später nach Hause. Vor allem in letzter Zeit. Sein Job erfordere das, sagte er. Diese Erklärung war nicht tauglich, um Paulas Frust zu lindern, im Gegenteil. Während ihr Herr Gemahl sich in seinem Beruf verwirklichen konnte, musste sie sich Tag für Tag mit den Kindern und dem Haushalt rumschlagen. Sechzehn Stunden am Tag. Ihre Welt beschränkte sich auf die Viereinhalb-Zimmer-Wohnung und die nahegelegenen Läden. Und ab und zu wurde dieser Kreis auf den Quartierkindergarten erweitert - für Elterngespräche. Sie hasste ihr Leben.

Immerhin verdiente Oliver anständig. So konnte sie sich wenigstens gelegentlich etwas leisten. Ihre Bestellungen bei Versandhäusern hatten sich zu einer Art Sucht entwickelt. Oder zumindest zu einer Art Flucht aus ihrem Alltag. Wenn sie großzügig bestellte, beruhigte sie ihr Gewissen jeweils damit, dass es ein Rückgaberecht gebe und sie nicht alles behalten und bezahlen müsse. Waren die Waren dann im Haus, verpasste sie die Frist für die Rücksendung. So wuchs nicht nur ihr Vorrat an Kleidern und Schuhen, sondern auch an Küchen- und Haushaltgeräten, die sie meist nie häufiger als einmal benutzte. Das zweite Glas Barolo war leer, das dritte stand bereit.

In letzter Zeit wuchs ihr Verdacht, dass Oliver nicht wegen seiner Arbeit später kam, sondern wegen einer anderen Frau. Sie wusste, dass in seiner Abteilung einige junge Damen mit wohlgeformten Körpern und anmutigen Gesichtern arbeiteten. Sexuell lief zwischen ihr und Oliver schon lange nichts mehr. Darüber war sie nicht unglücklich, denn ihr selbst fehlten Energie und Lust dafür. Doch sie wusste auch, dass Männer anders ticken. Irgendwo musste Oliver seine sexuellen Bedürfnisse ausleben. Das vierte Glas. Ihre Gedanken schwappten hin und her, als ob sie in der dunkelroten Flüssigkeit badeten, die Paula in sich hineingegossen hatte.

Gab es eine Möglichkeit, ihr Leben wieder attraktiver werden zu lassen? Vielleicht sollte sie mit Oliver reden, ihm ihren Frust mitteilen. Sie würde ihn ansprechen. Irgendwann. Aber nicht heute.

Sie hörte die Wohnungstür. Er kam nach Hause.

*

Er war nicht zufrieden mit seinem Leben. Früher war es sein Ziel, einen Job zu haben, der ihm genügend Freiheit für sein Privatleben ermöglichte. Mittlerweile verkümmerte sein Privatleben mehr und mehr zu etwas, das die Bezeichnung Leben nicht mehr verdiente. Es gab wenig Abende, an denen er nicht länger arbeiten musste. Klar, er hätte die Zusatzfunktion nicht annehmen müssen, die ihm vor einiger Zeit angeboten worden war. Der Grund für sein Ja lag hauptsächlich in der Lohnerhöhung, die damit verbunden war. Paula war auch einverstanden. Allerdings ahnten weder er noch sie damals, welche Konsequenzen dieser Entscheid für seine Abende haben würde.

Paula und er hatten sich auseinander gelebt. Wenn er nach Hause kam, waren sie beide meistens zu müde, um noch ernsthafte Gespräche zu führen. Ihre Kommunikation reduzierte sich auf den Austausch der wichtigsten Informationen. Diese betrafen meistens Lena und Jan, ihre beiden Kinder.

Oliver beneidete seine Frau. Wie viel würde er darum geben, auch zu Hause sein zu dürfen. Mit den Kindern zu spielen, ihre Sorgen und Freuden zu teilen, einkaufen zu gehen, die Wohnung auf Vordermann zu bringen. Frei vom Druck von Vorgesetzten und Erwartungen von Kunden und Kollegen.

Wenn er wenigstens die Abende wieder für seine Familie und für sich hätte. Dann würde wahrscheinlich auch sexuell wieder mehr laufen. Er konnte sich nicht erinnern, wann er zum letzten Mal mit Paula geschlafen hatte. Sein Sexualleben spielte sich nur noch unter der Dusche ab, alleine mit sich selbst.

Am liebsten wäre Oliver zu seinem Chef gegangen und hätte diese verdammte Zusatzfunktion wieder abgegeben. Doch der monatliche Blick auf das Bankkonto zeigte, dass sie nicht mehr auf den zusätzlichen Verdienst verzichten konnten.

Gab es eine Möglichkeit, sein Leben wieder attraktiver werden zu lassen? Vielleicht sollte er mit Paula reden, ihr seinen Frust mitteilen. Er würde sie ansprechen. Irgendwann. Aber nicht heute.

Kaffee schwarz mit Zucker

Es tut mir leid, dass ich Sie störe, aber ich muss jetzt einfach mit jemandem reden. Ich habe Sie schon oft hier gesehen. Nehmen Sie noch einen Kaffee? Der würde dann auf meine Rechnung gehen. Nicht? Ich auch nicht. Wegen dem Magenbrennen. Vielleicht hat es zwar keinen Zusammenhang. Kürzlich hat mir jemand gesagt, mein häufiges Magenbrennen könne einen Zusammenhang haben mit meinem Kaffeekonsum. Wissen Sie etwas darüber? Nicht. Na ja, ich trinke deshalb nicht mehr so viel Kaffee. Aber ganz ohne kann ich nicht sein. Das verstehen Sie sicher, oder? Ach, jetzt rede ich hier mit Ihnen über Kaffee und Magenbrennen, dabei will ich Ihnen etwas ganz anderes erzählen. Sie haben doch noch einen Moment Zeit? Gut. Normalerweise spreche ich nicht einfach so wildfremde Menschen an. Ich bin eher zurückhaltend. Bei Ihnen ist es anders. Irgendwie habe ich das Gefühl, ich kenne Sie. Weil ich Sie doch schon so oft morgens hier gesehen habe. Bin ich Ihnen auch schon aufgefallen? Nicht. Ach so, macht ja nichts. Ich habe Sie jedenfalls schon oft hier gesehen. Deshalb fällt es mir einfacher, Sie anzusprechen als andere Menschen. Weil ich ja das Gefühl habe, ich kenne Sie ein wenig. Sie trinken Ihren Kaffee schwarz mit Zucker. Dazu essen Sie ein Brötchen und lesen die Zeitung - von hinten. Ja, das ist mir auch aufgefallen. Sie beginnen mit der Zeitung hinten und arbeiten sich dann nach vorne durch. Aber nicht dass Sie jetzt meinen, ich spioniere Ihnen nach. Nein, so etwas würde ich nie tun. Es ist halt einfach so, dass ich nicht gerne Zeitung lese. Und da habe ich morgens im Café Zeit, mich umzusehen, da fallen mir halt solche Dinge auf. Ich könnte meinen Kaffee nicht schwarz trinken. Schmeckt mir nicht. Dafür brauche ich keinen ... Ach, jetzt rede ich schon wieder vom Kaffee. Entschuldigung. Übrigens, Ihre neue Brille gefällt mir. Steht Ihnen gut. Ich finde Menschen mit Brille sehen immer etwas gescheiter aus als Menschen ohne. Ich habe mir auch schon überlegt, eine Brille zuzulegen. Eine mit Fensterglas. Damit ich etwas gescheiter aussehe. Aber das wäre Blödsinn, finden Sie nicht auch? Ich kann auch gut dazu stehen, dass ich nicht so gescheit bin. Ich ging auch nie gerne zur Schule. Oft wurde ich ausgelacht, weil ich nicht so war wie die anderen. Meine Eltern waren halt auch anders. Die Außenseiter im Dorf. Doch diese Zeit ist glücklicherweise schon lange vorbei. Nur manchmal denke ich noch daran. So wie jetzt. Dabei will ich Ihnen doch etwas ganz anderes erzählen. Ich muss einfach mit jemandem darüber reden. Möchten Sie nicht doch noch einen Kaffee? Oder etwas anderes? Wirklich nicht? Gut. Gestern ist etwas geschehen, das mein Leben verändert hat. Oder verändern wird. Wissen Sie, ich habe das überhaupt nicht erwartet. Kennen Sie das? Etwas völlig Unerwartetes geschieht, das Sie irgendwie aus der Bahn wirft? Und ich meine das jetzt nicht nur negativ, das mit dem Aus-der-Bahn-werfen. Das kann ja auch gut sein, oder nicht? Ich habe schon oft gedacht, mein Leben laufe nach einem fixen Programm ab. Immer wieder dasselbe. Wie ein Film, den man immer wieder ansieht. Übrigens kennen Sie den Film ... wie heißt der schon wieder? Der mit dem Murmeltier. Mir fällt jetzt der Name nicht mehr ein. Da erlebt einer immer wieder den gleichen Tag. Kennen Sie nicht? Ist schon lange her, dass ich ihn gesehen habe. An Details kann ich mich nicht erinnern. Das habe ich oft, dass ich Dinge vergesse. Geht das Ihnen auch so? Ich weiß zum Beispiel nicht mehr, was für Wetter war, als meine Mutter starb. Gut, das ist jetzt auch nicht so wichtig. Ich glaube, es hat geregnet. In meiner Vor-stellung hat es eindeutig geregnet. Nicht nur ein wenig. So richtig in Strömen. Aber sicher bin ich nicht. Weil, dann wäre ich ja nass gewesen, als ich die Wohnung betrat. Und das war ich nicht. Ich weiß, dass ich von der Schule kam. Der Arzt war da und auch mein Vater. Der hat mir dann gesagt, dass Mama gegangen sei und nicht mehr kommen werde. So überraschend war das nicht. Sie war schon längere Zeit krank. Und ich war damals schon dreizehn. Oder vierzehn? Sehen Sie, nicht einmal das weiß ich ganz genau. Und eben das Wetter. Vielleicht meine ich nur, es habe geregnet, weil es ein trauriger Tag war. Und zu einem traurigen Tag passt keine Sonne. Oder der Regen ist mehr symbolisch für die Tränen, die ich nicht geweint habe. Das ist Psychologie, oder? Ich habe mal einen Bericht im Fernsehen gesehen. Über Gefühle und Tränen und so. Sehr interessant, aber teilweise etwas kompliziert. Ich kenne mich mit solchen Dingen nicht aus. Muss ich ja auch nicht. Kennen Sie sich aus mit Psychologie? Auch nicht. Sonst hätten Sie mir sicher erklären können, wie das ist mit den Tränen und dem Regen. So ganz verstehe ich das nicht. Vielleicht war das am Fernsehen ja auch kein richtiger Psychologe, der das gesagt hat. Und ein richtiger würde sagen, dass das gar keinen Zusammenhang hat. Ich glaube nicht mehr alles, was einem in Fernsehsendungen gesagt wird. All diese Sendungen, in denen Leuten geholfen wird. Ich glaube, da geht es nur ums Geld, nicht um die Menschen. Das ist doch heute überall so, oder nicht? Immer geht es ums Geld. Auch beim Sport. Haben Sie gehört, dass schon wieder ein Fußballclub Konkurs gegangen ist? Sicher haben Sie das in der Zeitung gelesen. Das ist schon nicht normal. Ich interessiere mich zwar nicht so sehr für Fußball. Eher Eishockey. Manchmal gehe ich ein Heimspiel schauen. Waren Sie auch schon im Eishockeystadion? Nicht. Schade. Ist echt gute Stimmung dort. Man muss nur aufpassen, dass man nicht mit Bier beschüttet wird. Ist mir passiert. Wirklich. Da hat sich einer hinter mir so über ein Tor gefreut, dass er seine Hände in die Höhe geworfen hat. Wahrscheinlich hat er vergessen, dass er einen vollen Bierbecher in der Hand hält. Es war sehr unangenehm. Das ganze Bier über meinen Kopf. Aber ich habe nichts gesagt. Er hat es ja nicht absichtlich gemacht. Und ich wollte nicht als Spielverderber dastehen. Immerhin haben wir uns beide über das Tor gefreut. Gut, ich vielleicht ein bisschen weniger nach der Bierdusche. Ich habe mich nicht umgedreht, um zu sehen, wer es war. Ich wollte nicht, dass er glaubt, ich beschwere mich. Nein, ich möchte doch keinen Ärger provozieren. Aber ich wollte Ihnen ja erzählen, was gestern geschehen ist. Also ich war gestern in Burgdorf. Eigentlich fahre ich nicht gerne nach Burgdorf. Wissen Sie, ich habe damals nach der Schule eine Malerlehre begonnen, in Burgdorf. Das war gar nicht gut, nein. Die Dämpfe sind nicht gut für die Gesundheit. Ich habe echt Probleme bekommen. Und der Arzt hat gesagt, ich müsse die Ausbildung abbrechen. Ein halbes Jahr war ich dort bei diesem Maler und dann musste ich abbrechen. Eben, weil es der Arzt gesagt hat. Die Dämpfe waren nicht gut für mich. Es war eine schlimme Zeit bei diesem Maler. Nicht nur wegen der Dämpfe. Ich war die einzige Frau - oder damals noch ein Mädchen. Das war nicht einfach. Und der Chef hatte Freude an Mädchen. Das hat mir gar nicht gefallen. Seine Berührungen gefielen mir überhaupt nicht. Ich bin froh, hat der Arzt das wegen den Dämpfen gesagt, und wegen dem Abbrechen. Ich weiß nicht, was geschehen wäre, wenn ich länger hätte dort bleiben müssen. Deshalb ist Burgdorf auch heute für mich noch negativ. Aber gestern bin ich dann doch wieder einmal dorthin gefahren. Es würde jetzt zu weit führen, wenn ich Ihnen erklären würde, weshalb ich nach Burgdorf gefahren bin. Sie haben ja sicher nicht den ganzen Tag Zeit. Und wissen Sie, ich bin es gewohnt, dass Leute keine Zeit für mich haben. Ist auch völlig in Ordnung. Ich verstehe das. Jeder hat sein eigenes Leben. Und so wichtig bin ich ja auch wieder nicht. Mein Vater hatte auch nie Zeit für mich. Und meine Mutter war lange Zeit krank. Die hätte zwar Zeit gehabt, aber genügend eigene Probleme. Für meinen kleinen Bruder hatte Vater mehr Zeit. Ihn hat er oft auch mit zur Arbeit genommen. Vielleicht hätte er für mich auch mehr Zeit gehabt, wenn ich ein Junge gewesen wäre. Aber das ist schon okay so. Ich habe gelernt, mich alleine durchs Leben zu schlagen. Ich bin dann auch früh von zu Hause ausgezogen. Nach der Schule, als ich die Lehre begonnen habe, in eine WG. Wohngemeinschaft, kennen Sie? Das war nicht immer einfach. Vor allem als ich meine Lehre abbrechen musste - wegen der Dämpfe - wurde es schwierig. Doch das ist wieder eine andere Geschichte. Und als ich gestern in Burgdorf aus dem Zug stieg, da kam dieser Mann auf mich zu. Er nannte mich Anna, obwohl ich doch gar nicht so heiße. Er hat mich wohl verwechselt. Bevor ich das klarstellen konnte hat er...

Ach, Sie müssen jetzt gehen. Dabei wollte ich Ihnen doch noch... von diesem Mann, der mich Marie genannt hat. Nicht? Schade... Auf Wiedersehen.

Diana

Im Nachhinein ist mir klar: ich hätte mich niemals auf diese Frau einlassen dürfen. Doch ich habe es getan. Einmal mehr denke ich an diesen denkwürdigen Abend im Juni zurück. Und einmal mehr registriere ich, dass sich das Rad der Zeit nicht zurückdrehen lässt.

Wie oft bei schönem Wetter, machte ich auf dem Heimweg einen Abstecher ins Cécil am Guisanplatz. Ein Feierabendbier unter freiem Himmel - was gibt es Besseres, um einen anstrengenden Arbeitstag hinter sich zu lassen. Ich setzte mich draußen an einen freien Tisch, löste meine Krawatte und bestellte mein Bier. Zurückgelehnt mit ausgestreckten Beinen genoss ich die frühsommerliche Abendsonne.

Als Vizedirektor einer mittelgroßen Bank verbringe ich meine Arbeitstage in einem klimatisierten Büro. Egal, ob Frühling, Sommer, Herbst oder Winter, die Temperatur ist immer gleich. Und genauso verlaufen auch die Tage. Keine Überraschungen, nichts Unvorhergesehenes. Immer gleich.

Nun saß ich also nach einem solchen Arbeitstag vor einem kühlen Bier. Einige Ereignisse des Tages durchzogen meinen Kopf. Wie Tauben, die angeflogen kommen, kurz verweilen und dann weiterziehen. Sitzungen, Telefongespräche, Aktenstudium. Auch heute, keine Überraschungen, nichts Unvorhergesehenes. Das schien das Motto meines ganzen Lebens zu sein. Nicht, dass ich das gesucht oder geplant hätte, es hatte sich einfach so ergeben. Mein Privatleben war wie mein Berufsleben geprägt von Vorhersehbarkeit. Die Heirat mit Monica, die beiden Kinder, zuerst ein Mädchen, zwei Jahre später ein Junge. Eine typische Schweizer Familie.

„Darf ich mich hier setzen?"

Die Stimme einer schlanken Blondine, die jünger aussehen wollte, als sie war, unterbrach meine Gedankenreise. Leicht irritiert bejahte ich die Frage. Normalerweise fragt man in der Schweiz, ob der Platz noch frei sei, nicht ob man sich setzen dürfe.

„Laden Sie mich zu einem Bier ein?"

Diese Frage verhalf meiner Irritation nicht dazu, sich zu legen, im Gegenteil. So etwas fragt man nicht. Zumindest nicht einen vierzigjährigen Vizedirektor einer Bank. Vielleicht ist das so bei den Jugendlichen üblich, wenn sie am Wochenende in irgendwelchen Lokalen rumhängen. Doch weder die Frau noch ich waren jugendlich und Wochenende war auch nicht. Hatte ich genickt? Ich weiß es nicht, sie bedankte sich jedenfalls mit einem betörenden Lächeln und bestellte ein Bier.

Ich hätte nun einfach bezahlen und mich verabschieden können. Aus mir heute unerfindlichen Gründen tat ich es nicht. Ich blieb sitzen. Sie prostete mir zu und trank das Glas in einem Zug leer. Während sie den Schaum von ihren Lippen wischte, sah sie mich mit ihren ozeanblauen Augen an.

Ich wurde verlegen. Das war schon seit Jahren nicht mehr vorgekommen. Das letzte Mal muss in den Teenagerjahren gewesen sein. Damals, als das Leben auch eine abenteuerlichere Richtung hätte einschlagen können. Doch das ist lange her, sehr lange. Nun saß ich hier mit einer fremden Frau und fühlte mich wie der schüchterne Teenager, der ich einmal war. Der Pegel des Teenagerempfindens stieg weiter an, als ich ihr Bein an meinem spürte.

Was war es, das mich in die Vergangenheit zurückwarf, das mich unfähig machte, zu handeln? Ich war es gewohnt, Entscheidungen zu fällen und aktiv zu sein. Normalerweise hatte ich keine Probleme damit, Menschen abzuweisen. Und nun war es, als ob alles versagte, was sonst funktionierte. Ohne Zweifel, die Frau war attraktiv. Obwohl sie schon in meinem Alter sein musste, strahlte sie jugendliche Anmut aus. Doch ich sehe täglich schöne Frauen, ohne die Kontrolle zu verlieren.

„Würden Sie mich nach Hause begleiten?"

Ich wollte verneinen, hörte aber meine Stimme sagen:

„Ja, kann ich machen."

Was war nur in mich gefahren?

„Ich fürchte mich vor meinem Freund. Also eigentlich ist es mein Ex-Freund. Ich habe Schluss gemacht und nun habe ich Angst, dass er auftauchen und in meiner Wohnung auf mich warten könnte. Er hat noch einen Schlüssel und ich konnte das Schloss noch nicht auswechseln lassen.“

Wie ein Wasserfall sprudelten die Worte aus ihrem rot geschminkten Mund. Sie teilte der Bedienung mit, ich wolle bezahlen, worauf ich ohne zu überlegen mein Portemonnaie aus der Tasche zog und die Rechnung beglich.

„Ich wohne nicht weit von hier, an der Plänkestrasse“, erklärte sie, während sie sich erhob. Gemeinsam machten wir uns auf den Weg.

Ihre Wohnung war einfach eingerichtet. Sie bat mich, im Wohnzimmer Platz zu nehmen. Wie ferngesteuert kam ich ihrer Bitte nach. Sie wolle sich in allen Zimmern nach ihrem Typen umsehen. Es dauerte nicht lange bis sie wieder ins Wohnzimmer trat.

„Alles klar, er ist nicht da.“ Ich wollte mich schon erheben und verabschieden, als sie zwei Gläser mit Rotwein füllte. Sie streckte mir eines der Gläser hin. Wie von selbst nahm meine rechte Hand ihr das Glas ab.

„Als kleines Dankeschön“, sprach sie erklärend und sagte, während sie die beiden Gläser zart klingen ließ:

„Ich bin Diana.“

Mein Atem setzte kurz aus. Diana, das war der Vorname meiner Tochter. Erst als sie mich erwartungsvoll ansah, merkte ich, dass ich mich wohl auch vorstellen sollte.

„Martin, freut mich.“

Ob es mich wirklich freute, kann ich nicht sagen. Da war immer noch dieses, mir sonst fremde, Teenagerkribbeln. Gleichzeitig wäre ich aber am liebsten zu Hause gewesen. Es war schon bald halb acht. Monica würde mich fragen, weshalb ich später nach Hause kam. Je später ich kam, umso schwieriger würde es sein, eine befriedigende Ausrede zu finden.

Wie es genau dazu kam, weiß ich nicht mehr, doch plötzlich befand sich der Inhalt von Dianas Glas auf meinem Hemd.

„Oh, sorry, sorry, sorry“, entschuldigte sie sich.

Ihr dreifaches Sorry sollte wohl beweisen, dass es ihr wirklich Leid tat. Im Nachhinein ist mir klar, dass ich spätestens jetzt hätte merken sollen, dass etwas nicht stimmte.

„Gib mir dein Hemd. Wenn ich es gleich mit Flüssigwaschmittel behandle, kriege ich es wieder sauber.“

Da mir selber keine Alternative zu ihrem Vorschlag einfiel, öffnete ich die Knöpfe und entledigte mich meines Hemdes. Nachdem ich es ihr übergeben hatte, blieb sie stehen und streckte ihre andere Hand aus. Erst jetzt sah ich, dass der Rotwein bis zu meinem Unterleibchen durchgedrungen war. Ich zog es aus und gab es ihr. Sie verschwand.

Die Vorhersehbarkeit und Überraschungslosigkeit meines Lebens waren mit einem Schlag zu Ende. Ich saß mit entblößtem Oberkörper in der Wohnung einer fremden Frau und überlegte, was ich zu Hause für eine Erklärung abgeben sollte. Es würde noch eine Weile dauern, bis ich hier fortkam. Ich kam nie zu spät heim. Es gab manchmal berufliche Termine, die bis in den Abend dauerten. Doch die waren immer im Voraus bekannt, so dass ich Monica entsprechend informieren konnte. Und nun warteten meine Frau und zwei Kinder auf mich, während ich halbnackt in der Wohnung einer nicht unattraktiven Frau an der Plänkestrasse saß. Ich hätte anrufen können oder eine SMS schreiben, während die blonde Diana mein Hemd und mein Unterhemd wusch. Doch ich hatte keine Idee, was ich für eine Erklärung abgeben sollte. Also ließ ich es bleiben. Diana erschien - ohne die gewaschenen Kleider.

„Ich habe sie zum Trocknen aufgehängt", sagte sie, trat auf mich zu und setzte sich rittlings auf meinen Schoss. Bevor mein Hirn fähig war, die Situation zu analysieren, öffnete sie ihre Bluse, unter welcher keine weiteren Kleidungsstücke mehr zum Vorschein kamen. Ich war unfähig, mich in irgendeiner Form zu wehren.

Wenn ich heute daran zurück denke, verstehe ich mich selbst nicht. Weshalb habe ich mich damals nicht Widerstand geleistet? Weshalb habe ich mich so einfach verführen lassen? Ich habe in all den Jahren meine Frau nie betrogen. Bis zu diesem Abend an der Plänkestrasse.

Monica war zum Glück nicht misstrauisch, als ich spät nach Hause kam. Die Ausrede mit der kurzfristig anberaumten Sitzung schluckte sie problemlos. Sie fragte nicht einmal, weshalb ich nicht angerufen hatte.

Die nächsten Tage und Wochen verliefen dann wieder gewohnt überraschungsfrei und berechenbar. Der Abend an der Plänkestrasse war in weite Ferne gerückt. Bis sie an einem Samstag wieder auftauchte. Ich wollte gerade zum Großeinkauf aufbrechen, der jeden Samstag zu meinen Aufgaben gehörte, als ich sie an der Straße vor unserem Haus stehen sah. Woher kannte sie meine Adresse? Erst tat ich so, als sähe ich sie nicht. Ich öffnete die Garage, fuhr den Wagen raus, ließ ihn mit laufendem Motor stehen, während ich das Garagentor wieder schloss. Sie saß auf dem Beifahrersitz, als ich mich wieder in meinen Audi setzte.

„Ich hatte Sehnsucht nach dir", hauchte sie.

Ihre linke Hand streichelte über mein Bein und kam meinem Genitalbereich bedenklich nahe. Da ich nicht von Familienmitgliedern oder Nachbarn mit einer blonden Beifahrerin gesehen werden wollte, fuhr ich los.

„Was willst du?" fragte ich, mehr aus Unbeholfenheit als aus wirklichem Interesse.

„Dich."

Ihre Antwort kam schnell und bestimmt. Ich hatte Mühe, mich auf den Verkehr zu konzentrieren. Viele Gedanken schossen durch meinen Kopf. Alle drehten sich um die Frage, wie sie das wohl meinte. Sie beantwortete die Frage, ohne dass ich sie dazu auffordern musste:

„Verlass deine Frau und komm zu mir.“

„Hör mal, das geht nicht so einfach“, versuchte ich mich aus der unangenehmen Situation zu befreien.

„Ich liebe meine Frau und meine Kinder. Außerdem habe ich einen Job, der mich voll beansprucht. Und ich bin ein Langweiler.“

Mein letztes Argument überraschte mich selbst. In diesem Moment wurde mir selbst bewusst, wie langweilig mein Leben war. Beinahe hätte ich das rote Licht der Ampel übersehen. Ich schaffte es knapp, den Wagen zum Stehen zu bringen.

„Ich will dich und ich werde dich kriegen.“

Ihre Stimme klang nicht mehr mild, eher drohend. Sie verließ den Wagen an der Kreuzung und ließ mich mit ihrer Drohung alleine zurück. Ich hörte Hupgeräusche, die mich darauf aufmerksam machten, dass mittlerweile wieder grün war.

Als ich nach dem Einkauf zu Hause eintraf, erwartete mich Monica mit einer erschreckenden Nachricht:

„Eine Frau Rot hat angerufen. Sie lässt dir ausrichten, du sollst dir keine Sorgen machen, sie werde es schaffen.“

Ich hatte nicht den geringsten Zweifel, das war Diana. Diese Hexe.

„Wer ist das?“ wollte Monica wissen.

„Ach, jemand von der Bank. Sie hat einen wichtigen Auftrag“, log ich meine Frau an.

Diese schüttelte kommentarlos den Kopf - glaubte sie mir nicht? - und ging in die Küche, um die Einkäufe zu verstauen. Es war ein ungeschriebenes Gesetz, dass ich zwar für den Samstagseinkauf zuständig war, Monica aber das Einräumen zu übernehmen hatte.

Normalerweise wäre jetzt die Zeit dafür gewesen, mich in den Sessel zu setzen und die Zeitung zu lesen. Doch ich war zu unruhig. Ich schaffte es nicht, es mir bequem zu machen und schon gar nicht, mich auf die Zeitung zu konzentrieren. Unfähig, einen klaren Gedanken zu fassen, ging ich im Wohnzimmer auf und ab.

Wieder dauerte es einige Tage, bis Diana wieder auf der Bühne meines Lebens erschien. Es war ein Freitag. Ich kam von der Arbeit nach Hause, müde und erschöpft, in Stimmung für einen TV-Abend. Flimmerkiste einschalten, irgendetwas Belangloses sehen, herunterfahren. Als ich die Wohnung betrat, wurde mir ziemlich schnell klar, dass nichts aus meinen Plänen werden würde. Im Wohnzimmer saßen Monica und Diana, beide eine Tasse Kaffee vor sich. Was ging hier vor? Monica begrüßte mich mit einem Kuss auf den Mund - wie wenn nichts wäre. Dann stellte sie die andere Frau vor:

„Das ist Diana, ich habe sie heute in der Bibliothek kennengelernt."

Diana schüttelte mir förmlich die Hand und begrüßte mich. Ihr Augenzwinkern konnte meine Frau nicht wahrnehmen.

„Ich muss wieder los", sprach sie und verabschiedete sich, nicht ohne sich bei Monica zu bedanken und mir erneut vielsagend zuzuzwinkern.

„Was wollte die hier?" fragte ich meine Frau leicht genervt. Sie schaute mich überrascht an.

„Ich darf doch wohl noch eine Freundin einladen, oder?"

Sie verzog den Mund zu einem Schmollen und sich selbst in die Küche. Mir blieb das Blut in den Adern stocken. Freundin. Sie hatte Diana wirklich Freundin genannt. In diesem Moment signalisierte mein Handy, dass eine SMS eingegangen sei. Die Nachricht war von ihr. Sie musste meine Nummer von unserer Pinnwand haben, wo sie für das Kindermädchen notiert war.

Monica besucht mich nächste Woche. Kommst du auch? Du weißt ja, wo ich wohne ; -) *k* D.

Ich antwortete nicht. Doch ich wusste, dass ich diese Frau stoppen musste. Ich wünschte mir mein vorhersehbares, langweiliges Leben zurück.

Am nächsten Tag fuhr ich nach dem Einkauf an die Plänkestrasse. Es dauerte nicht lange, bis sie an der Tür erschien, nachdem ich geklingelt hatte. Sie war mit einem aufreizenden, roten Negligé bekleidet.

„Ich habe dich erwartet", sagte sie, drückte mir einen Kuss auf den Mund und ließ mich eintreten.

Kaum war die Wohnungstür geschlossen, legte sie ihre linke Hand um meinen Nacken und fuhr mit ihrer rechten von meiner Brust langsam abwärts. Ich versuchte, sie von mir wegzuschieben.

„Ich muss mit dir reden. Bitte lass mich in Ruhe. Und Monica auch."

Diana ging nicht darauf ein. Die dünnen, roten Träger fielen über ihre Schulten und kurz darauf das Negligé zu Boden. Die Frau, mit der ich vor einem Monat im Bett war, stand nackt vor mir. In mir begann es zu kochen. Nein, nicht noch einmal. Obwohl mein Körper wieder auf die Provokation ihrer Reize reagierte, wendete ich mich ab und wollte die Wohnung verlassen.

„Wenn du nicht willst, werde ich mein Anliegen halt mit Monica besprechen. Sie scheint eine vernünftige Frau zu sein."

Was nun geschah, hätte ich nie für möglich gehalten. Ich war rasend, hatte mich nicht mehr im Griff. Energisch ging ich auf die nackte Frau zu, hielt sie an den Oberarmen fest und schüttelte sie. Ich schrie so laut, wie ich bis dahin wohl nie geschrien hatte:

„Du wirst überhaupt nichts, hörst du. Du hast kein Recht, mein Leben zu zerstören."

Die Art, wie sie mich anlächelte, steigerte meine Wut noch mehr. Ich stieß sie weg, sie fiel und schlug den Kopf am Salontisch auf.

Nun sitze ich in meiner Zelle des Bieler Regionalgefängnisses. Seit zwei Tagen bin ich in U-Haft. Egal, wie das Urteil ausfallen wird, von meinem Job kann ich mich verabschieden, von meiner Familie auch.

In dem Moment, in welchem Diana tödlich stürzte, öffnete sich die Tür. Monica trat ein. Ich nahm sie erst wahr, als sie weinend meinen Namen nannte. Das Blut war aus ihrem Gesicht gewichen. Unbeweglich mit aufgerissenen Augen und offenem Mund stand sie da. Ihr Blick wanderte von mir zur nackten Diana, deren Kopf in ihrem Blut lag, und wieder zurück zu mir. Diana hatte sie vor meinem Auftauchen angerufen und gefragt, ob sie vorbei käme. Sie habe eine Überraschung. Monicas Neugier war geweckt worden. Als sie dann vor der Wohnung mein Geschrei hörte, trat sie ein, ohne zu klingeln. Erklärungen und Entschuldigungen wollte sie nicht von mir hören. Bis heute nicht. Kurz darauf erschien die Polizei, von Nachbarn alarmiert. Ich wurde abgeführt.

Ich hätte mich nicht auf Diana einlassen sollen.

ICE 73

Ein Toter bei Zugunglück in Göttingen.
Der von Norden kommende ICE 73 rammte gestern Mittwoch bei der Einfahrt in den Göttinger Bahnhof einen entgegenkommenden Regionalzug. Wie durch ein Wunder haben außer einem Mann, der auf der Unfallstelle ums Leben gekommen ist, alle Reisenden den Unfall überlebt. Die rund 50 Passagiere, die noch im Krankenhaus behandelt werden, befinden sich außer Lebensgefahr.

Am Dienstag vor dem Zugunglück. Thorsten Wirth schritt schleppend durch die Hamburger Friedrichstraße. Das Ziel war seine Lieblingskneipe am Hans-Albers-Platz. Kurz bevor er den Platz erreichte, erschallte von irgendwoher der Radetzky-Marsch. Thorsten blieb stehen und sah sich um. Erst als er das Vibrieren im Leistenbereich wahrnahm, merkte er, dass es sein Mobiltelefon war, das die Marschklänge von sich gab. Es war lange her, seit er einen Anruf erhalten hatte. Mühsam klaubte er das Gerät aus der Hosentasche.

Das „Ja?" mit dem er sich meldete klang eher wie ein Knurren als wie ein Wort.

„Thorsten? Hier ist Jan. Ich hab was für dich. Kommst du zu mir? Ich bin im Büro."

„Wann?" war das einzige, das Thorsten wissen wollte.

„Am besten gleich."

„Ich muss noch etwas Dringendes erledigen, dann komme ich.“

„Alles klar. Bis dann.“

Beim Dringenden, das Thorsten noch erledigen wollte, handelte es sich um das Bier in seiner Kneipe. Darauf wollte er nicht verzichten. Und Jan Finkel sollte nicht denken, Thorsten hätte nachmittags nichts zu tun. Jan und er kannten sich von der Schulzeit her. Thorsten wusste nicht, ob man das, was die beiden verband, als Freundschaft bezeichnen konnte. Egal. Wie man es auch nennen wollte, es hatte jedenfalls bis heute Bestand - auch wenn er manchmal längere Zeit nichts von Jan hörte.

Während Thorsten an der Theke vor seinem Bier saß, überlegte er, was Jan wohl von ihm wollte. Vermutlich hatte Jan Finkel wieder einmal Krach mit seinem Freund - seinem Lebenspartner, wie er es nannte. Dass Jan homosexuell war, störte Thorsten nicht. Es störte ihn auch nicht, dass der Lebenspartner Steffen Jan alle paar Monate vor die Tür setzte. Es dauerte nie länger als zwei Tage bis die beiden ihre Liebe neu entfachen ließen. Während der zweitägigen Trennungsphase suchte Jan jeweils bei Thorsten Unterschlupf. Die Bude war zwar zu klein für zwei Personen, doch für zwei Tage ging das. Und Thorsten war nicht unglück-lich, ab und zu etwas Gesellschaft zu haben.

Thorsten nahm den letzten Schluck seines Biers, legte ein paar Münzen auf die Theke und verließ das Lokal. Er begab sich zu Fuß zu Jan Finkel und machte sich darauf gefasst, seine Wohnung für die nächsten zwei Tage mit diesem zu teilen. Außer Jan war noch nie jemand bei ihm in der Wohnung zu Besuch gewesen. Jan war auch derjenige gewesen, der ihm damals vor drei Jahren zur Seite gestanden hatte. Wirklich helfen konnte Jan zwar nicht. Doch immerhin nahm er sich einen Abend Zeit, um Thorsten dabei Gesellschaft zu leisten, als dieser versuchte, die Problemberge mit Alkohol wegzuschwemmen. Das mit dem Wegschwemmen funktionierte nur kurzfristig. Kaum hatte sich die Wirkung des Alkohols verzogen, standen die Berge in voller Größe wieder da. Thorsten probierte es immer wieder. An den folgenden Abenden ohne Jan. Alle Versuche blieben erfolglos. Die damaligen Ereignisse hatten Thorsten in ein Loch stürzen lassen und es war ihm bisher nicht gelungen, dieses wieder zu verlassen. Alles was er einmal gehabt hatte, war weg. Sein Job, sein Vermögen, seine Familie. Alles. Die einzigen Begleiter, die ihm seither beistanden, waren der Alkohol und sein unbändiger Hass. Und eben Jan, der sich alle paar Monate bei ihm meldete, um zwei Tage bei ihm zu verbringen.

Thorsten stellte sich auf einen Abend ein, der so verlief wie alle Abende, die Jan bei ihm verbrachte. Sie würden den Wein trinken, den Jan auf dem Weg zur

Wohnung noch kaufen würde, und Thorsten würde zuhören wie Jan über die aktuellen Probleme mit seinem Lebenspartner klagte. Das war nicht übel. Das verschaffte Thorsten etwas Abwechslung zu seinem trostlosen Alltag. Er hätte zwar lieber Bier getrunken, doch Jan zuliebe würde er italienischen Rotwein trinken.

Jans Büro befand sich in der zweiten Etage eines Hauses in St. Pauli mit zwielichtiger Mieterschaft. Im Treppenhaus roch es nach abgestandenem Tabakqualm und Urin. Seiner Kundschaft wollte Jan dieses Haus nicht zumuten. Er traf sie immer in Restaurants in nobleren Stadtteilen. Seine Aufträge als Privatdetektiv hatte er hauptsächlich von gutbetuchten, misstrauischen Frauen, die ihn auf ihre lebensfrohen Ehemänner ansetzten. Jan freute sich jedes Mal, wenn eine Ehe aufgrund seiner Ermittlungen geschieden wurde. „So weiß ich wenigstens, wozu ich arbeite", pflegte er zu sagen.

Als ihm die Tür geöffnet wurde, erschrak Thorsten. Vor ihm stand nicht der erwartete, von Beziehungsproblemen geknickte Jan. Nein, es war ein Jan, dessen Gesicht beinahe zu klein war für das gigantische Grinsen. Thorsten wusste nicht wie er das einordnen sollte. Drinnen roch es nach Schnaps, was für Thorsten ein angenehmer Kontrast zu den Gerüchen im Treppenhaus war.

„Wie geht's dir, altes Haus?“ wollte der immer noch strahlende Jan wissen, nachdem sie in der Sitzgruppe Platz genommen hatten.

„Gut“, brummte Thorsten wenig euphorisch.

„Ich habe gute Nachrichten für dich.“

„Aha.“

Thorsten musste sich zuerst mit der neuen Konstellation anfreunden. Seine Rolle war diesmal offenbar nicht die des geduldigen Zuhörers. Jan brauchte ihn nicht, um jemandem sein Leid klagen zu können. Kein italienischer Rotwein heute Abend. Er hatte sich auf dem Weg zu stark auf diese altbekannte Situation eingestellt. Nun schien es Jan wider Erwarten gut zu gehen. Und er hatte sogar eine gute Nachricht. Thorsten hatte keine Idee, was das für eine frohe Botschaft sein könnte. Seit damals, vor drei Jahren, war es das Negative, das sein Leben bestimmte. Gute Nachrichten fanden den Weg zu ihm nicht mehr. Früher war das anders. Er war geschäftlich erfolgreich, mit einer reizenden Frau verheiratet, Vater von zwei entzückenden Kindern. Doch das ist lange her und Thorsten wusste nicht mehr, wie sich dieses Leben angefühlt hatte.

„Ich habe ihn gefunden.“

Thorsten ahnte, dass das wohl die gute Nachricht war, doch hatte er keine Ahnung, wen Jan mit „ihn“ meinte.

„Wen?“

„Ralph Goldschmidt.“

Jetzt war Thorsten hellwach. Ralph Goldschmidt. Damit hatte er nicht gerechnet. Der angestaute Hass auf diesen Mann breitete sich von seinem Magen auf den ganzen Körper aus und wollte nur eines: Rache.

„Wo ist dieses Schwein?“

„In der Schweiz.“

In der Schweiz. Eine Spur von Enttäuschung verdränge die Hassgefühle - allerdings nur kurzfristig. Er würde diesen Kerl kriegen. Und wenn er in die Schweiz reisen musste.

Goldschmidt & Wirth. Das war der Name der Treuhandfirma, die Thorsten zusammen mit Ralph Goldschmidt aufgebaut und geführt hatte. Sie waren sehr erfolgreich. Alles lief gut. Bis Thorstens Kompagnon eines Tages nicht mehr aufgetaucht war. Mit ihm waren auch Kundengelder in Millionenhöhe verschwunden und sämtliche Konten der Goldschmidt & Wirth geplündert. Thorsten wurde der Komplizenschaft angeklagt. Da ihm jedoch nichts bewiesen werden konnte, wurde er nicht verurteilt. Als er aus der Untersuchungshaft kam, ließ er sich von einer Bemerkung seiner Frau derart provozieren, dass er komplett ausrastete und sie vor den Augen der Kinder verprügelte. Er landete erneut vor Gericht. Diesmal wurde eine bedingte Gefängnisstrafe verhängt. Die Ehe wurde geschieden, jeglicher Kontakt mit den

Kindern untersagt. Er nahm sich eine günstige Wohnung und vegetierte vor sich hin. Das bisschen Geld, das ihm noch blieb, war bald aufgebraucht. Ein ehemaliger Kunde verschaffte ihm einen Job in einem Supermarkt. Er half frühmorgens Gemüse und Früchte zu entladen und für den Verkauf bereit zu machen. Das bescheidene Gehalt reichte für das Nötigste. Sein Leben war zu einem andauernden Wälzen in Selbstmitleid verkommen. Alles war so sinnlos geworden. Nur die dumpfe Hoffnung, sich irgendwann vielleicht doch noch rächen zu können, hielt ihn am Leben.

Dieser Moment schien jetzt gekommen zu sein. Wenn das stimmte, was Jan ihm eben aufgetischt hatte, würde er in die Schweiz reisen – koste es was es wolle.

„Damals, als deine ganze Misere begann, habe ich Goldschmidts Foto mit einer E-Mail an einige Kollegen geschickt. Unter anderem auch an einen Schweizer namens Stephan Meier. Ich habe ihn einmal kennengelernt, als ich ...“

Thorsten interessierte sich nicht dafür, wo Jan seine Freunde kennenlernt:

„Ja und... Was weiß er von dieser Dreckssau?“

Die ungewohnte Bestimmtheit mit der Thorsten sprach, brachte Jan aus dem Konzept.

„Also, er hat... ähm... Stephan hat heute eine Mail geschickt. Er habe Ordnung auf seinem Computer gemacht...“

Thorsten wurde ungeduldig. Mit seinen Fingern klopfte er unruhig auf die Armlehne seines Sessels.

„... dabei ist er wieder auf das Foto gestoßen, das ich ihm damals geschickt habe. Und weißt du was, er erkannte ihn. Er habe kürzlich mit ihm zu tun gehabt. Und erst als er das Bild wieder sah...“

„Ja, schon gut“, raunte Thorsten, „und wo finde ich Goldschmidt?“

Jan hielt ihm einen Zettel hin, auf den ein paar Zahlen gekritzelt waren.

„Hier ist Meiers Nummer. Ich habe ihm gesagt, du würdest dich bei ihm melden.“

Als Thorsten den Zettel nahm, zitterte seine Hand. Diesmal lag das nicht nur am Alkohol, sondern auch an der Tatsache, dass endlich die Chance bestand, die Lust nach Rache stillen zu können.

„Wenn du willst, kannst du mein Telefon benutzen“, bot Jan an.

Thorsten wollte nicht. Er brauchte jetzt erst mal ein Bier und Zeit, um seine Gedanken zu ordnen. Er bedankte sich bei Jan und machte sich wieder auf den Weg in seine Kneipe.

Nach dem ersten Bier tippte er die Nummer, die ihm Jan gegeben hatte in sein Handy. Das Gespräch mit dem Schweizer dauerte nicht lange. Nach dem Telefonat suchte er seine Bank auf, wo er alles Geld von seinem Konto abhob. Es war nicht viel, doch reichte es für das, was Thorsten vorhatte. Anschließend fuhr er mit der U-Bahn zum Hamburger Hauptbahnhof. Als er am späteren Abend wieder in seiner Wohnung war, packte er einige Kleidungsstücke, ein paar Dosen Bier und die Pistole, die er vor bald drei Jahren auf dem Schwarzmarkt erstanden hatte, in seine Reisetasche.

Am nächsten Morgen bestieg er kurz vor acht den ICE 73 nach Zürich.

(Diese Geschichte habe ich für das Online-Büchermagazin Eselsohren geschrieben. Sie ist auf der Internetseite www.eselsohren.at veröffentlicht worden.)

Es folgen drei weitere Erzählungen. Über Facebook habe ich dazu aufgerufen, Titel oder Themen vorzuschlagen, zu denen ich eine Geschichte schreiben soll. Bei der anschließenden Abstimmung wurden zwei Gewinner und eine Gewinnerin erkoren:

Petra Kohne   Die App fürs Leben

Paolo Fava   Auf dem Gleis

Hardy Anderegg   Warum Stehaufmännchen hinfallen müssen

Herzlichen Glückwunsch Petra, Paolo und Hardy!

Die App fürs Leben

Vielleicht finden Sie die Geschichte, die nun folgt etwas zu kitschig, nicht realistisch. Oder zu stark moralisierend. Vermutlich würden Sie Ihr Urteil auch nicht ändern, wenn ich Ihnen versichern würde, dass sie sich genauso zugetragen hat. Wie auch immer, ich habe Sonja versprochen, die Geschichte in diesem Buch zu veröffentlichen. Und daran halte ich mich.

Sonja und ich waren zusammen auf der Schule. Und wie das so ist, ging der Kontakt im Laufe der Jahre verloren. Umso überraschter war ich, als sie mich letzte Woche telefonisch kontaktierte.

„Du bist doch Schriftsteller geworden? Du schreibst doch Bücher?"

Naja, das ist jetzt vielleicht ein bisschen übertrieben. Bisher ist erst ein Buch von mir erschienen. Und ob noch viel weitere dazu kommen werden, weiß ich nicht.

Sonja ließ nicht locker.

„Ich möchte dir ein Erlebnis erzählen, das du unbedingt in einem Buch veröffentlichen musst."

Obwohl ich nicht so recht wusste, wie ich mit Sonjas Wunsch umgehen soll und ob ich das überhaupt will, verabredete ich mich mit ihr für den nächsten Tag in einem Café. Liegt es daran, dass ich während der Schulzeit unsäglich in Sonja verliebt war? Oder daran, dass ich allgemein schlecht „nein" sagen kann? Ich weiß es nicht. Jedenfalls verließ Sonja unser

Treffen im Café mit meinem Versprechen, ihre Geschichte zu veröffentlichen und ich mit der Aufgabe, mein Versprechen einzulösen, was ich hiermit mache.

Das Smartphone spielte die Melodie direkt neben ihrem Ohr. Im Halbschlaf erinnerte sich Sonja daran, dass sie schon seit geraumer Zeit die Melodie der Weckfunktion ändern wollte. Etwas Lebhafteres, das nicht zum weiterschlummern verleitet und dadurch verantwortlich für ihren morgendlichen Stress war.

Den Vorsatz hat sie bisher nie in die Tat umgesetzt, weil er sich jeweils irgendwo in versteckte Orte ihres Denkens verzogen hatte, bis sie ganz wach war. So döste sie weiter und David Gray schaffte es auch heute nicht, sie mit seinen Pianoklängen und seinem Gesang innert nützlicher Frist in den Wachzustand zu versetzen.

Sonja war am Abend eingeschlafen, während sie noch eine Partie Solitär gespielt hatte. Einmal mehr. Die letzten Nächte war das immer so. Sie teilte ihr Bett mit einem mobilen Telefongerät. Als sie es dann doch noch geschafft hatte, ganz wach zu werden, blieb Sonja noch eine Minute mit offenen Augen liegen, bevor sie sich aus dem Bett schwang.

Nach einem kurzen Besuch des Badezimmers, konstatierte sie erfreut, dass die Zeit noch für eine Tasse Kaffee reichte. Sie warf ihre Kaffeemaschine an und setzte sich an den Küchentisch. Ihre Finger streiften über das Display. Die mobile Version der Tageszeitung informierte Sonja darüber, was es Neues gab. Sie verbrachte nicht viel Zeit mit diesen News, denn es gab noch andere Apps, die Sonja aufrufen wollte, bevor sie zur Arbeit fuhr.

Vor zwei Wochen hatte Sonjas Nokia-Handy den Geist aufgegeben. Nachfolger dieses uralten Geräts, mit dem man nur telefonieren und SMS versenden konnte, wurde ein Smartphone der neusten Generation. Sonja war fasziniert davon, was man damit alles machen konnte. Fasziniert davon, dass sie Apps für alles Mögliche fand.

Telefonbuch, Wetterprognosen, Kalorienkontrolle mit integriertem BMI-Rechner, Facebook, Kartenspiele, Würfelspiele, Geschicklichkeitsspiele, Calvin & Hobbes Comics, Wörterbücher, tägliches Bauchmuskeltraining, Finanzverwaltung, Menstruationskalender, Nichtraucher Coach, Horoskop, eine Hausmittel-Datenbank, Verkehrsmeldungen und einen Sexratgeber, der ihr im Moment nichts brachte.

Das alles hatte sie schon am ersten Tag heruntergeladen und täglich fand sie weitere interessante Apps. Ihr Smartphone war schon nach kurzer Zeit ihr treuer Begleiter geworden. Nicht nur im Bett. Jede freie Minute - und oft auch in den Minuten, die nicht frei gewesen wären - streifte sie mit ihren Fingern durch ihre Apps. Im Bus, bei der Arbeit, beim Essen, auf der

Toilette, abends zu Hause, zum Einschlafen und zum Aufwachen.

Sonja war unglücklich. Seit sie sich von ihrem langjährigen Lebenspartner getrennt hatte, ging es ihr nicht gut. Es fehlte ihr an Lebensinhalt. Das Smartphone mit all seinen Apps war ein willkommener Ersatz für Thomas. Sie konnte sich damit ablenken und ihre Gefühle und ihre gegenwärtige Krise verdrängen. Dass sie dabei nicht glücklicher wurde, sondern ihre Einsamkeit damit sogar verstärkte, nahm Sonja nicht wahr.

Während sie am Abend mit dem Bus von der Arbeit nach Hause fuhr, entdeckte sie sie. Die App fürs Leben. Das war es, was sie brauchte. Leben. Vielleicht würde ihr diese App Lebensfreude und Lebensinhalt zurückgeben.

Schnell war die App fürs Leben heruntergeladen und gestartet. Sonja wurde aufgefordert, ihren Namen, ihr Geburtsdatum und den Wohnort einzugeben. Und dann ging es los. Sonja erschrak. Auf dem Display sah sie sich jetzt im Bus sitzen. Unten gab es einen Pfeil, der nach links zeigte und einen, der nach rechts wies. Neugierig tippte Sonja mit dem Finger auf den linken Pfeil. Sie sah nun, ihr Leben im Rückwärtsgang. Ein erneutes Antippen des Pfeils beschleunigte den Rücklauf. Als sie am Tag der Trennung von Thomas angelangt war, schossen ihr Tränen in die Augen. Sie steckte ihr Handy weg. Nicht nur, um den langsam begonnenen Strom der Tränen frühzeitig zum Versiegen zu bringen. Auch weil sie bei der nächsten Station aussteigen musste.

In ihrer Wohnung angekommen, schob sie eine Fertigpizza in den Ofen und legte sich aufs Sofa, begleitet von ihrem Smartphone. Sie musste die App fürs Leben noch einmal starten.

Wieder sah sie sich als erstes in der Gegenwart. Diesmal tippte sie den rechten Pfeil an. Es veränderte sich nichts auf dem Display. Sie lag immer noch da, in ihrem Wohnzimmer, auf dem Sofa, allein, den Blick auf ihr Mobiltelefon gerichtet. Sie drückte ihren Zeigefinger ein zweites Mal auf den Pfeil. Jetzt geschah etwas. Sie sah, wie sie sich erhob und in doppelter Geschwindigkeit in die Küche begab, die Pizza aus dem Backofen nahm und sie verspeiste. Sie sah, wie sie während ihres Abendessens weiter mit ihrem Handy beschäftigt war.

Sonja tippte erneut auf den Pfeil. Und gleich noch einmal. Die Geschwindigkeit erhöhte sich. Ins Bett, Morgen, Arbeit, Abend. Ins Bett. Neuer Morgen. Noch einmal den Pfeil … und noch einmal. Und noch einmal.

Tage rasten auf dem Bildschirm vorbei. Einer gleichte dem anderen. Enttäuschung machte sich breit. Sonja sah wie Langeweile aus ihrem Alltag triefte. Wieder suchten unterdrückte Tränen den Weg in die

Freiheit. Sie wusste nicht, was sie tun sollte. Das Einzige, was ihr einfiel war, erneut auf den Pfeil zu tippen, mehrmals. Jahre rasten vorbei. Sonja sah, wie ihre Haare grau wurden. Und immer noch derselbe Tagesablauf.

Nirgends waren Freunde zu sehen. Kein neuer Mann. Keine Freundinnen, mit denen sie sich abends oder am Wochenende traf. Nur Sonja, ihre Arbeit und ihr Handy.

Irgendwann wurde der Film langsamer und langsamer bis das Bild stehen blieb. Die in die Jahre gekommene Sonja saß an ihrem Küchentisch. Das Gesicht wurde gezoomt. Sonja erblickte eine grauhaarige Frau mit fahlem, verhärmtem Gesicht und leeren Augen. Die Mundwinkel zeigten nach unten und es schien nichts zu geben, was diesen Mund zu einem Lächeln bewegen könnte. Das Wesen auf dem Handy-Display wirkte mehr tot als lebendig.

Sonja war entsetzt, schockiert. Sie knallte ihr Smartphone an die Wand und begann zu schreien. Sie schrie und schrie und schrie. Ihre Schreie verhallten ohne von jemandem gehört zu werden. Wie lang sie geschrien hatte, konnte Sonja nicht sagen. Irgendwann musste sie eingeschlafen sein. Später, als sie erwachte, wusste sie nicht, ob alles nur ein böser Traum gewesen war. Ihr Smartphone lag zertrümmert in der Ecke, die Pizza war verkohlt und Sonja fühlte noch den Schweiß des Entsetzens.

Sonja wusste, dass sie etwas in ihrem Leben verändern wollte. Am nächsten Tag kaufte sie ein neues Mobiltelefon. Nein, kein Smartphone. Ein einfaches Gerät, das nicht viel mehr kann als Telefonverbindungen herstellen und SMS senden und empfangen.

Und mit diesem neuen Handy hat sie mich angerufen:

„Du bist doch Schriftsteller geworden? Du schreibst doch Bücher?"

Auf dem Gleis

Mein Name ist Edoardo Folliero, ich bin neunundvierzig Jahre alt und ich warte auf den Zug.

Nicht dass Sie jetzt denken, ich stehe irgendwo an einem Bahnhof. Nein, hier ist Niemandsland, eine Strecke der Schweizerischen Bundesbahnen, die irgendwo zwischen zwei Dörfern einen Wald in zwei Teile schneidet. Etwa hunderfünfzig Meter Richtung Norden formen sich die Schienen zu einer Rechtskurve. Hundertfünfzig Meter im Süden tun sie dasselbe. Entlang des Geleises führt ein schmaler Fußweg, der allerdings um diese Uhrzeit kaum benutzt wird. Es ist spät, vermutlich etwa elf Uhr abends, und es ist dunkel. Die richtige Zeit, der richtige Ort für mein Vorhaben.

Heute wird mein Leben enden. Entschuldigung, wenn ich Sie mit dieser Information jetzt schockiert habe, doch mein Entschluss steht fest. Ich kann nicht mehr. Es ist aus und vorbei.

Unter meiner linken Gesichtshälfte spüre ich das kalte Metall der Schiene. Auf dem Bahngleis liegt es sich nicht sehr bequem. Doch das spielt keine Rolle mehr. Erst seit ich hier liege, merke ich, dass ich auch körperlich am Ende meiner Kräfte bin.

Die letzten drei Tage war ich unterwegs. Pausenlos, gedankenlos. Einfach gegangen. Die Energie wurde so in meinen Füssen und meinen Beinen benötigt und stand meinem Hirn dadurch nicht mehr für die nicht enden wollenden Berg-und-Tal-Fahrten zur Verfügung. Oder nicht mehr nur. Auch durch die Marschiererei konnte ich meine trüben Gedanken nicht ganz auslöschen. Meine Probleme blieben da, wie ein großer grauer Felsblock, der auf meine Schulter drückt. Heute Abend bin ich dann hier angekommen. Und sofort wusste ich, was ich zu tun hatte.

„Leg dich hier hin und mach dem Ganzen ein Ende", sagte eine Stimme in mir, der ich ohne Widerspruch gehorchte.

Es war die selbe Stimme, die mich am Montag von der Arbeit weg rief. Ich war gerade an meinem Arbeitsplatz angekommen und machte mich bereit für die neue Arbeitswoche, als mich die Stimme erreichte.

„Edoardo", flüsterte sie, „es hat keinen Sinn mehr. Verschwinde, du hast hier nichts mehr verloren."

Meine Arbeitskollegen sahen mich vermutlich etwas verwirrt an, als ich das Gebäude verließ. Doch davon habe ich nichts mitgekriegt. Einfach raus. Ich wollte nichts anderes. Weggehen. Fortgehen. Und ich ging. Drei Tage lang ging ich. Wenn Sie sich für meine Marschroute interessieren, muss ich Sie leider enttäuschen. Ich kenne sie nicht. Ich weiß nichts mehr von den letzten drei Tagen, nur noch, dass ich vor kurzem hier ankam und sofort wusste, was ich zu tun hatte. Eben, die Stimme und so … das habe ich Ihnen ja bereits erzählt.

Und nun liege ich hier. Und dieser verdammte Zug kommt immer noch nicht. Vielleicht hätte ich einen Fahrplan konsultieren müssen, das hätte allerdings nicht zu meiner Verfassung gepasst und ich bin auch gar nicht auf die Idee gekommen.

Wie hat eigentlich die ganze Misere begonnen? Hm, schwer zu sagen. Als ich meine Stelle annahm? Als ich meine Frau kennenlernte? Oder als ich sie heiratete? Als unser Sohn zur Welt kam? Vielleicht auch schon viel früher.

Als ich ein Jahr alt war, reiste unsere Familie in die Schweiz ein. Ich erinnere mich, dass meine Eltern immer wieder betonten, dass wir hier Gäste seien und uns entsprechend zu verhalten hätten.

So lernte ich früh, mich anzupassen, es möglichst allen recht zu machen. Meine Eltern haben mir das vorgelebt und ich bin ihrem Vorbild gefolgt. Auch als mein Vater und meine Mutter gestorben waren.

Im Laufe der Jahre entwickelte sich das zu einem Lebensmuster. Mein ganzes bisheriges Leben war davon geprägt, mich anderen anzupassen, immer freundlich zu sein und möglichst alle Wünsche meiner Mitmenschen zu erfüllen. Meine Bedürfnisse blieben auf der Strecke.

Irgendwann vor einigen Monaten stellte ich das fest. Erst viel zu spät. Vielleicht denken Sie jetzt, dann hätte ich das einfach ändern können. Nein! Das ging nicht. Ich schaffte es nicht auszusteigen. Wenn ich

etwas für mich tat, war sofort das schlechte Gewissen
da. Nicht einfach nur ein bisschen. Nein, richtig
massiv. Ich verdammte mich dafür. Und ich musste
wieder für die anderen da sein. Für meine Frau, für
meinen Sohn, für meine Arbeitskollegen, für meinen
Chef und für alle anderen Menschen, denen ich
begegnete.

Und jetzt kann ich nicht mehr. Es gibt kein Zurück.
Ich will dieses Leben nicht mehr. Es ist unmöglich,
meinen Ansprüchen gerecht zu werden.

Jetzt tut sich was. Ich höre, wie die Schiene das
Geräusch eines herannahenden Zuges zu mir trans-
portiert. Ich kann nicht abschätzen, wie weit der Zug
noch ist. Es geht wahrscheinlich nicht mehr lange.
Und das war's dann.

Und jetzt höre ich noch etwas anderes. Schritte.
Mist. Da hat sich doch tatsächlich ein Fußgänger
hierhin verirrt. Er darf mich hier nicht sehen, sonst
kommt er noch auf die Idee, mich zu retten.

Etwas schwerfällig stehe ich auf und verschwinde
in den Wald. Auf der anderen Seite, nicht dort, wo der
Weg ist. Hinter einem Baum sinke ich nieder und
warte. In diesem Moment donnert der Zug vorbei.

Jetzt wäre ich nicht mehr da, wenn nicht diese
Person genau um diese Zeit hier spazieren gegangen
wäre.

Aufgeschoben ist nicht aufgehoben. Die Luft ist rein. Ich verlasse mein Versteck und lege mich wieder auf die Schienen.

Die Warterei dauert an. Hoffentlich ist das vorhin nicht der letzte Zug gewesen. Vielleicht kann ich ja auch ohne Zug sterben. Ich schließe meine Augen.

Zuerst ist alles schwarz. Dann sehe ich die Augen meines Sohnes. Er strahlt mich an. Er sieht mich hier liegen, doch in seinen Augen ist kein Vorwurf zu erkennen.

Dann stehen plötzlich meine drei besten Freunde vor mir. Auch sie scheinen mir keinen Vorwurf zu machen. In ihren Blicken ist eher Interesse für mich zu erkennen.

Und jetzt ist mein Chef da, umringt von ein paar Arbeitskollegen und Arbeitskolleginnen. Sie alle winken mir zu. Weshalb, weiß ich nicht. Ich habe auch nicht die Zeit, sie zu fragen oder weiter darüber nachzudenken, denn jetzt sehe ich wieder meinen Sohn. Er strahlt mich immer noch an.

Ich öffne die Augen und stelle fest, dass ich immer noch auf der kalten, harten Schiene liege. Habe ich geträumt oder hatte ich vorhin tatsächlich Besuch von meinem Sohnemann? Ich glaube, ich habe nicht geschlafen. Und doch muss es ein Traum gewesen sein.

Etwas hat sich verändert. Ich spüre etwas in mir - seit langem wieder einmal. Es ist Liebe. Ich liebe meinen Sohn. Wenn ich jetzt sterbe, werde ich ihn nie mehr sehen. Ich werde nicht mitbekommen, wie seine Zukunft aussieht.

Ich werde auch keine Gespräche mit meinen Freunden, Kolleginnen und Kollegen mehr führen können - weder anregend nachdenkliche, noch unterhaltsam lustige.

Immer noch kein Zug. Zum Glück.

Ich will nicht mehr sterben. Ich erhebe mich und mache mich auf den Weg. Während ich mich langsam in Richtung des nächsten Dorfes bewege, denke ich nach.

Die nächste Zeit wird nicht einfach sein, das weiß ich. Vielleicht werde ich ein paar Wochen in einer Klinik verbringen müssen. Das nehme ich in Kauf. Ich brauche Hilfe. Ich will eine Zukunft. Ich will weiter leben und weiter lieben können. Ich will die Muster, die mein Leben beinahe zerstört haben, loswerden. Oder zumindest einen besseren Umgang damit finden. Vor mir tauchen die Lichter des Dorfes auf. Die Hoffnung wächst weiter an.

Dieser einsame Fußgänger hat mein Leben gerettet. Wer er wohl sein mag?

Warum Stehaufmännchen hinfallen müssen

Der Samstagnachmittag gehört der Familie. Der Morgen gehört mir. Besonders nach solch intensiven Wochen schätze ich es, Zeit für mich zu haben. Es ist kurz nach neun Uhr, als ich am See angelangt bin. Ich liebe den See. Das plätschernde Wasser. Den teils rauen, teils sanften Wind. Die kreischenden Möwen. Es ist der neunzehnte Mai des Jahres zweitausendundzwölf. Morgen werde ich meinen sechsundvierzigsten Geburtstag feiern. Sechsundvierzig. Eine blöde Zahl. Keine Primzahl und doch kann man sie nur durch zwei und dreiundzwanzig teilen. Aber was soll's.

Während ich dem Ufer entlang schreite, zwängen sich einige Sonnenstrahlen durch die lockere Wolkendecke und treffen mich unverhofft im Gesicht. Das tut gut. Ein wohliges Gefühl des Glücks erfüllt mich. Vielleicht ist es dieses Glücksgefühl, das mich dazu bewegt, mich auf eine Bank neben einen Mann zu setzen. Normalerweise hätte ich mich auf eine freie Bank gesetzt, wovon es hier genügend gibt. Doch jetzt sitze ich neben ihm, der mit gestreckten Beinen und geschlossenen Augen seinen rötlichen Schnurrbart der Sonne entgegen hält. Sie hat sich jetzt definitiv gegen die Wolken durchgesetzt. Der Herr mit Schnurrbart scheint meine Anwesenheit neben sich nicht bemerkt zu haben. So tue ich es ihm gleich, strecke mich, genieße die wärmende Sonne und hänge meinen Gedanken nach.

„Kurt Felix ist gestorben."

Erschreckt über diese Worte drehe ich den Kopf zu meinem Bankgenossen. Dieser sitzt immer noch mit geschlossenen Augen da. Es ist nicht nur so, dass jetzt die wortlose Stille gebrochen ist - sozusagen entjungfert - es ist auch der Inhalt dieses Satzes, der mich aufhorchen lässt.

Kurt Felix. Ich sehe das Gesicht vor mir - mit der hohen Stirn, den nahe beieinander liegenden Augen und den Wangen, die auch bei ernstem Gesichtsausdruck zu lächeln schienen. Und er soll jetzt tot sein? Meine Erinnerung rast zurück zur ersten Teleboy-Sendung. Ich musste damals etwa acht gewesen sein. Ausnahmsweise durfte ich länger aufbleiben. Ein etwas unbeholfener Kurt Felix führte zwei noch unbeholfenere Kandidatenpaare durch die Sendung. Und besonders beeindruckt hat mich damals der Teleboy, dieses riesige Stehaufmännchen, das zu Beginn der Quizsendung sein Lied zum Besten gab: „Ich heiße Teleboy und schwanke hin und här. Ja, sonen Teleboy häts nie im Läbe schwär..."

„Und ich bin kein Stehaufmännchen mehr."

Erneut reißen mich die Worte des Schnurrbartmannes aus meinen Gedanken. Was will er von mir?

Und was soll diese Aussage, er sei kein Stehaufmännchen mehr?

Diesmal schaut er mich an, als ich mich ihm
zuwende. Seine Miene ist ernst und doch mit einer
lockeren Entspanntheit versehen.

Mir fehlen die Worte. Jetzt lächelt er mich an,
während das Fragezeichen in meinem Gesicht wohl
ungeahnte Ausmaße angenommen haben muss.

Dann erzählt mir Paul Widmer - so stellt sich der
Mann neben mir vor - seine Geschichte. Er wuchs in
einem Dorf in der Nähe von Aarau auf. Er war der
mittlere von drei Söhnen. Sein älterer Bruder Franz
war der Stolz der Eltern. Er machte, was von ihm
verlangt wurde. Es war schon früh klar, dass er später
die Vaters Schreinerei übernehmen würde. René, der
jüngste der Brüder, war eher der Rebell. Mit ihm
hatten die Eltern dauernd Probleme. Beschwerden der
Nachbarn, schlechte Noten in der Schule, Raufereien
mit anderen Kindern. Und Paul war irgendwo
zwischendrin. Unauffällig. Er wünschte sich
manchmal so zu sein wie seine Brüder. Entweder wie
der Streber Franz oder wie das Sorgenkind René.
Dann hätten sich seine Eltern mit ihm beschäftigt.
Paul war sich oft nicht sicher, ob sie von ihm
überhaupt Notiz nahmen. Doch es gab diese
Situationen. Nämlich dann, wenn er irgendeine Krise
gemeistert hatte. Dann pflegte sein Vater die Hand auf

Pauls Schulter zu legen, ihn feierlich anzusehen und zu sagen:

„Du bist halt ein Stehaufmännchen."

Ein Stehaufmännchen, wie der Teleboy, denke ich mir.

Paul musste in seiner Kindheit immer wieder Niederlagen und Misserfolge einstecken. Und nach jeder dieser Situationen ist er wieder aufgestanden. Und mit dem Aufstehen erlebte er, dass er von seinem Vater wahrgenommen wurde.

„Und das hat sich in mein Erwachsenenleben hineingezogen", sagt Paul zu mir und blickt dabei mit einer gewissen Wehmut auf den See hinaus.
„Eigentlich war mein ganzes bisheriges Leben eine große Suche nach Anerkennung. Und das einzige Mittel, das ich kannte, um zu dieser Anerkennung zu kommen, war Hinfallen und Aufstehen. Misserfolge im Beruf, Beziehungen, die nie lange andauerten, ich könnte Ihnen ein Liedchen davon singen, was ich alles erlebt habe. Und immer wieder bin ich aufgestanden und weitergegangen. Ein richtiges Stehaufmännchen halt."

Seine Worte hallen in meinem Gehirn nach. Bisher habe ich es als positiv betrachtet, wenn jemand ein sogenanntes Stehaufmännchen ist, sich nicht so leicht unterkriegen lässt, immer wieder aufsteht und weitergeht. Und nun erzählt mir Paul Widmer diese Geschichte, indem das Stehaufmännchendasein nur den Zweck hat, Anerkennung zu erhalten. Was er erzählt, klingt fast so, als ob er sich die Misserfolge selbst organisiert oder zumindest gesucht habe. Ich wage es kaum, ihn danach zu fragen:

„Diese Misserfolge und Niederlagen, haben Sie die selbst ... also ich meine ...“

Ich weiß nicht genau, wie ich die Frage ausformulieren soll, doch Paul weiß, was ich meine:

„Ja und nein. Ich habe Niederlagen nicht bewusst gesucht. Mir war bis vor kurzem auch nicht klar, dass ich seit meiner Kindheit auf der Suche nach Anerkennung bin. Unbewusst habe ich mir jedoch immer selbst Fallen gestellt. Und wenn etwas lange Zeit gut ging, stimmte für mich irgendetwas nicht - wie gesagt unbewusst. Ich war ja immer stolz darauf, ein Stehaufmännchen zu sein.“

Vor etwa einem Jahr traf Paul einen alten Schulfreund wieder. Sie erzählten einander, was seit der Schulzeit so alles geschehen ist. Während dieses Gesprächs hatte sich Paul mehrmals als Stehaufmännchen bezeichnet. Sein Freund stellte ihm dann eine verblüffende Frage:

„Paul, willst du nicht glücklich sein, ohne immer hinfallen zu müssen?“

Paul wusste erst nicht, was sein Freund meinte. Sie verabredeten sich daraufhin einmal in der Woche und führten oft lange Gespräche. Dabei stellte Paul fest, was hinter seinem Hinfallen und Aufstehen steckt: die Suche nach Anerkennung. Er erlebte auch, dass er von seinem Freund wahrgenommen und geschätzt wurde, ohne ein Stehaufmännchen sein zu müssen.

„Es ist nicht so leicht, kein Stehaufmännchen mehr zu sein. Alte Muster bringt man nicht von heute auf morgen weg. Doch ich lerne immer wieder neu, andere Formen zu finden, um Anerkennung zu erhalten. Und heute haben Sie mir zugehört und sich für mich interessiert. Ohne dass ich erst hinfallen musste."

Er bedankt sich, wir verabschieden uns und er zieht von dannen. Ich bleibe noch auf der Bank sitzen. Vieles schwirrt in meinem Kopf herum, das ich nicht einordnen kann. Ist es jetzt gut oder schlecht ein Stehaufmännchen zu sein?

Ich habe Paul Widmer nicht gestanden, dass auch ich mich als Stehaufmännchen sehe und stolz darauf bin, wenn andere mich so bezeichnen.

Habe ich Situationen, in denen ich hingefallen bin, selbst inszeniert? Nein, ich glaube bei mir ist das anders als bei Paul. Oder doch nicht?

Ich mache mich auf den Heimweg und es gelingt mir nicht, all die verwirrenden Gedanken auf der Parkbank liegen zu lassen.

Jürg Bolliger

Sei stark!

Leo lebt in der Schweizer Stadt Biel ein einigermaßen störungsfreies Leben – bis er seinen Job verliert und ihm kurz darauf die geheimnisvolle Anja begegnet. Er will Anja dabei helfen, herauszufinden, von wem sie bedroht wird. Dabei gerät er selbst in große Schwierigkeiten und wird in der Folge von der Polizei wegen Mordverdachts gesucht. Zum ersten Mal in seinem Leben wird Leo nun auch mit seinem inneren Anspruch, immer stark sein zu müssen, konfrontiert.

BoD – Books on Demand
ISBN: 978-3-8482-1222-4
Paperback, 232 Seiten

Jürg Bolliger, 1967, lebt mit seiner Frau und vier Kindern in Biel im Kanton Bern (CH).

Ursprünglich absolvierte er eine kaufmännische Ausbildung bei einer Bank, später bildete er sich in Transaktionsanalyse und Erwachsenenbildung weiter. Heute ist er als Transaktionsanalytiker mit Lehrberechtigung PTSTA-E in Erwachsenenbildung, Supervision und Coaching tätig.

Er ist Geschäftsführer der meet & move GmbH.

www.juerg-bolliger.ch
www.facebook.com/bolligerschreibt